银汤匙

[日] 中勘助　著

王薇　编译

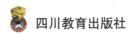四川教育出版社

扫码听故事

银 汤 匙

Contents

·目录·

每当我抬起头想起你

就连寂寞也好温柔

一只银汤匙

我的书房里，有一个神秘的木箱。它静静地躺在角落里，仿佛守护着一段尘封的记忆。打开木箱，一股熟悉的气味扑面而来。里面有一张画着牡丹的纸，虽然看起来有些陈旧，却

银汤匙

带着一种特别的温暖。还有海贝、茶叶、儿时的玩具，以及一只造型奇特的银色汤匙，它们都是我童年的宝贵回忆。

我常常从木箱里取出那只银色汤匙仔细端详。它的光泽虽然已不如从前，但在我眼中，它依然闪耀着独特的光芒。

我的家里有一个老旧的碗橱，它见证了我们家的变迁①。有一次，我费了好大劲才在碗橱里找到那只银汤匙。我兴奋地跑去问妈妈能不能把它给我，妈妈微笑着答应了我的请求，还给我讲了一个关于银汤匙的故事。

---

① 变迁：(情况或阶段)变化转移。

我的阿姨

我在刚刚来到这个世界的时候，生命垂危，产婆束手无策，只得请东桂大夫。然而，他的汤药似乎并未起到太大的作用，爸爸因此非常生气。东桂大夫焦急地翻阅着医书，寻找救治我的方法。妈妈说到这里时，把我带大的阿姨也学着东桂大夫的样子，用沾着唾液的手翻开那本厚重的医书，小心翼翼地取出草药。她那活泼而认真的样子，总是逗得大家发笑。

我生来体质虚弱，刚一出世，身上就起了一个骇人的大包。为了让我能够健康成长，东桂大夫每

银汤匙

天都要喂我吃一颗药丸，还有一种叫作"乌角粉"的东西，以防我中毒。

每当夜深人静，我难以入眠时，母亲和阿姨总会轻轻地为我揉着身体，那温柔的触感让我安心入睡。小时候，我常常头痛，家里人总说是因为我一出世就被一包大米碰到了脑袋。母亲因为生我而身体很差，需要长时间休养，所以家里的大小事务多由阿姨操持。

阿姨的丈夫叫右卫门，虽然职位不高，却是个正直的武士。然而，他们夫妻并不擅长持家，家中很快便陷入了贫困。几年前，瘟疫肆虐①，右卫门不幸离世，阿姨失去了依靠，最后找到了我们。据

---

① 肆虐：任意残杀或迫害；起破坏作用。

说，当地居民因为知道他们老实善良，常常向他们借钱，导致他们更加贫穷。尽管如此，他们仍然乐于帮助那些有困难的人。可是，那些借钱的人却并不感恩，反而对他们冷嘲热讽。每当阿姨去收债时，那些人总是装出一副可怜相，让阿姨一家不忍心再追讨。

在我童年的记忆里，阿姨是我最坚实的依靠。她为我细心挑选衣物，希望能给我带来一份安全感。虽然她的眼睛不好，看不到远处，但她总是把一个小钟系在我身上，这样即使我走出很远，她也能通过钟声感知我的位置。

除了阿姨，我很少对别人展露笑容。家里人跟我说话时，我也只是简单地点点头。因为我身材瘦

银汤匙

ruò 弱，nǎo dɑi 脑袋xiǎn de 显得gé wài dà 格外大，liǎng zhī yǎn jing shēn xiàn zài yǎn kuàng lǐ 两只眼睛深陷在眼眶里，suǒ 所

yǐ jiā rén chánɡ xì chēnɡ wǒ wéi 以家人常戏称我为tū bā zhǎo yú "秃八爪鱼"。ér wǒ 而我，què gèng xǐ huɑn yòng 却更喜欢用

我的阿姨

"光头""少爷"这些符合我个性的称呼来称呼自己，于是我便有了一个特别的绰号——"章鱼少爷"。

我生于神田，那是一个充满混乱和犯罪的地方。然而，我家周围却散布着各种小商店，给平淡的生活增添了一抹色彩。小时候，阿姨常常背着我逛街，我对我们住的那座房子和一条巷子里的黄豆摊印象深刻。黄豆摊上的人们总是显得有些古怪，让我感到有些害怕。但每次阿姨都会温柔地安抚我，把我带到安全的地方。

阿姨还经常带我去看马戏团表演。那里的小贩售卖着各种小吃，马戏团的大门上挂着红白相间的帘子。虽然我觉得那些表演有些无聊，但阿姨却看得津津有味。

我还记得，有一次我们难得有机会去看一场傀儡戏。戏台的背景是一幅画，画中是一片青山绿水，桃花盛开。一个打扮得像公主的女人正在打着小鼓翩翩起舞。突然，我听到了咔嚓咔嚓的惊悚声响。紧接着，一个满身血污、衣衫褴褛的人从画中跳出，吓得我跳了起来。后来我才知道，这个人就是假扮千本樱的狐中新。

我最喜爱的杂技节目是鸵鸟与人类的相扑。每次看到剑士装扮的男子在鸵鸟面前跳跃，却常被一脚踹飞时，我总是忍不住捧腹大笑。有时，鸵鸟会被人制服认输；有时，男子会被鸵鸟击败，大叫着投降。下一轮的演员已坐在一旁吃饭，而另一只等待上台的鸵鸟则试图抢夺他的盒饭，那滑稽的场面

我的阿姨

总是引得观众大笑不止。然而，每次看到这样的场景，阿姨却会泪流满面，感叹鸵鸟的可怜。

像我这样的人生活在神田这样的地区，就像是河童出生在沙漠一样难受。邻居家的小孩都瞧不起我，不愿意和我玩。特别是隔壁卖袜子的小哥，他常常捉弄我，让我对陌生人充满了恐惧。

但阿姨是我的守护神，她把我放在朝街的窗台上，让我能够观看路过的马车和马匹。

马路对面的小饭馆里有只被撞得跛脚的母鸡，鸡的羽毛和尾巴上总沾着很多灰尘，伤到的脚蜷缩着。阿姨每次看到都要大呼可怜，最后连我也觉得看到它就很难受。

在家中阴暗的大屋子里，我常常沉浸在自己的

银汤匙

小世界里，玩耍累了，就随地躺下，享受那份宁静与自由。那里有两张书桌，其中一张上面有两个小格子，格子里静静地躺着一根用纸包裹的笔杆，它仿佛在思考着什么。另一张书桌则比较小，只能容纳一个孩子伸直双腿；还有一个浅浅的抽屉，藏着我们童年的秘密。这张桌子，被哥哥、姐姐和我反复使用，陪伴我们度过了十多个春秋。

阿姨有时会把我抱到桌子上，让我透过窗户，欣赏那盛开的杜鹃花和翩翩起舞的蝴蝶。阿姨总是那么富有想象力，她告诉我，那黑色的蝴蝶是山上的老公公，而那白色与黄色的蝴蝶则是美丽的小公主。

阿姨总能变出各种各样的玩具来逗我开心。其中，我最珍视的是一只小狗玩具，它总是那么忠诚地陪伴着我。而那只阿姨买红酒时赠送的粗糙公牛玩具，也成了我形影不离的伙伴。它们是我在世界上仅有的两个挚友，陪我度过了许多欢乐的时光。

有时，我和阿姨会一起扮演《山崎合战》里的角色，我们拿着各种"武器"，展开一场激烈的战斗。阿姨扮演四天王中的但马守，而我则扮演加藤清正。我大声询问对方是否是四大神将之一，对方则问我是否是加藤清正。我们用言语较量，虽然没有分出胜负，但那种紧张刺激的感觉却让我难以忘怀。经过一番激战，"但马守"发现"清正"已筋疲力尽，便倒在地上。我兴奋地骑在"但马守"背上，按住了她的头。"但马守"满头大汗地笑了笑，说：

银汤匙

"不用捆绑，直接杀了。"于是，我拔出道具短刀，咔哧咔哧地在她干瘪的喉咙上划过，仿佛真的成了一个英勇的战士。

"但马守"在痛苦中扭曲着面孔，突然一闭眼，倒在地上一动不动。这样的戏码，我们总是在下雨天上演，每次都会让阿姨累得够呛。有时，阿姨会因为筋疲力尽而躺在

银汤匙

那里一动不动，我会心惊胆战地把她扶出来，生怕她出什么事。

明神大祭那天，神田街道特别热闹。屋顶装饰得五彩斑斓，店铺里都铺上了漂亮的地毯，祭坛上放着像真品一样的神剑和神像，还有好看的酒壶、金狮子和红色的鬣狗玩偶。大家都穿着一样的衣服，手里提着灯笼和蜡烛，整个街道都充满了喜庆的气氛。

孩子们在路边讨论着打架的事情，我觉得很有趣。阿姨带着我去凑热闹，虽然有个调皮的孩子嘲笑我，但是阿姨一直保护着我，没让他欺负我。等回过神来，我发现自己手里拿着的花灯不见了，鞋子也少了一只。那天的事情我到现在都难以忘怀。

新居与旧友

我的身体一直很虚弱，为我配药的东桂大夫不久前去世了，换成了大夫高坂。东桂大夫都束手无策的肉瘤，在高坂大夫的治疗下，竟然很快就痊愈了。别看高坂大夫一副凶神恶煞的样子，他哄孩子们开心的本事可不小。他做的那些香甜的药丸，我总是乐呵呵地吃掉。高坂大夫说我们家一定要迁到山上，那里的空气清新，这样才能让我们母子俩健康起来。正好，父亲的事情也处理完了，我们全家决定迁往小石川的高地。

一路上，我们坐在人力车里聊天，伴随着欢声

银汤匙

笑语，我们抵达了新家——一个环绕着冷杉篱笆的旧屋。这里的一切都是那么新鲜，那么美好。

这个地区的人们居住在松树篱笆围起的古老房屋中，虽然他们大多家族没落，但生活却简单轻松。早晨，我被鸟儿的歌声吵醒，光着脚走在杂草丛生的地上，试图记住各种植物的名字，如荆棘草和蜈蚣草。那时，奶奶也和我一起走在草坪上。她在院子的篱笆边种下了三棵板栗树，告诉孙子孙女们，等大家长大后就可以享

用这些美味的果实。

奶奶去世后，我们称

这三棵树为奶奶的板栗

树。现在，每年秋季，当

年的孙子孙女们都会采摘板栗，剥皮给子女们吃，

传承着奶奶的爱与温暖。

不久后，盖房子的工作开始了。运送木头的牲

银汤匙

口和马匹都系在篱笆上，我喜欢那些有着圆滚滚脸蛋的动物，它们沉稳的气质总能让我感到安心。在施工现场，我听到了斧头、锉刀和凿子的撞击声，这些声音对我来说是那么新

新居与旧友

奇而有趣。

其中一位师傅名叫阿定，他与人和善，总是面带微笑。我看着他雕刻木头，木屑从木头上掉下来，他捡来好的刨花给我。我深吸一口气，那味道美妙极了。我抓起一大把毛茸茸的碎屑，让它们从手指间滑落，那种酥麻的感觉令人愉悦。阿定总是最后一个离开工地，他一边祈祷一边拍巴掌。我喜欢跟着他，看他工作。尽管其他工人叫他"怪人"，但我觉得他是个非常特别的人。

黄昏时分，看着干净的工地，我依依不舍。但是每天早上，我都会精神振奋地醒来，期待着新一天的到来。渐渐地，新的府邸①已经建成。

---

① 府邸：府第，指贵族官僚或大地主的住宅。这里指"我"的家。

南边的回忆与甜蜜的诱惑

我家的南边，仿佛藏着一个神秘的仙境。那里有一片郁郁葱葱①的茶园，茶树层层叠叠，像绿色的波浪在微风中轻轻摇曳。茶园旁，一座庄严的大寺庙静静矗立，仿佛守护着这片宁静的土地。阿姨是个虔诚的佛教信徒，她常常带着我踏上通往寺庙的青石小路。

这两条小路宛如两条绿色的丝带，在茶园和冷杉林的环绕下，延伸向远方。我们走在小路上，两旁的茶叶地和冷杉树仿佛在向我们诉说着古老的故

①郁郁葱葱：状态词。形容草木苍翠茂盛。也说郁郁苍苍。

事。我特别喜欢采山茶花，那些花儿在微风中轻轻摇曳，宛如翩翩起舞的仙子。我轻轻一摘，它们就会随风飘落，给大地铺上一层美丽的花毯。

雨后的小路更是别有一番风味。晶莹的小水珠挂在茶叶和冷杉的叶子上，阳光透过云层洒下来，它们就像闪闪发光的宝石，散发着迷人的光芒。我喜欢在这样的日子里漫步，感受大自然的神奇和美丽。

阿姨总是牵着我的手，带我走进大日佛陀的寺庙。那里香烟缭绕，诵经声悠扬。我好奇地敲击着庙里的鳄口①，鳄口发出清脆的声响。而阿姨则虔诚地投下香钱，闭上眼睛祈祷。她轻轻地抚摸我、

---

① 鳄口：寺庙佛堂前悬挂的铃铛。

银汤匙

卢尊者和自己的双眼，然后用长柄勺舀起一勺清水，洗去眼中的尘埃。她微笑着说："托大日如来的福，我康复了。"据说这个寺庙非常灵验，吸引了很多人前来祷告。阿姨也曾为我祈祷，希望我能早日康复。大师卜卦后说我会健康快乐，阿姨听后非常高兴，紧紧地抱住了我。

除了寺庙，我家附近还有一片荒凉的土地。那里有几只悠闲的小鸡和一对卖糕点的大爷大妈。他们的茅草屋顶和破旧的墙壁充满了岁月的痕迹，让我感到既神秘又好奇。每次和阿姨路过那里，我都会被吱呀作响的桔槔①吸引，并且迫不及待地想要品尝那些美味的糕点。

---

① 桔槔：井上汲水的一种工具。

这对老夫妇虽然耳朵不太好使，但总是热情地招待我们。我们要叫上好几声，大爷才会从屋里慢慢走出来，手里拿着各式各样的糖果。那些糖果上印有多福大人的图案，每一颗都独一无二。其中，我最钟爱的就是他们的肉桂糖，那独特的香甜味道总是让我回味无穷。

有一天，天空乌云密布，大雨倾盆而下。我却因为想吃肉桂糖而闹着要去找那对老夫妇。阿姨心疼我，便背着我在雨中艰难地前行。可惜那天他们并没有出摊，我失望地回到家，满脸都是泪水。阿姨看着我，心疼地说："别哭了，如果你乖乖吃奶，不哭闹的话，我就给你买'嘎啦嘎啦'的东西作为奖励。"我一听，立刻停止了哭泣，好奇地问："'嘎

啦嘎啦'是什么好吃的呀?"阿姨神秘地笑了笑,没有正面回答我。

银汤匙

我乖乖听话以后，发现阿姨买来的并不是食物，而是一个纸制的小鼓和一个马口铁制的长笛玩具。虽然有些失望，但我还是很喜欢这两样礼物。它们成了我新的玩伴，陪伴着我度过了许多快乐的时光。有时，阿姨还会给我带来一个用印有卡通人物照片的土黄色纸包着的三角形蛋糕。那香甜的滋味，让我至今都难以忘怀。

阿姨的美食

我从小身体就不太好，也不爱运动，所以总是提不起兴趣吃东西，像只等待喂食的蜜蜂，要有人把食物送到嘴边才想起吃。阿姨为了让我多吃些，真的费了不少心思。有时，她会把汤圆装进一个漂亮的食盒，假装去伊势的神殿祈福，然后带着我在花园里绕圈，最后在石头花灯前停下来享用午餐。

有一次，我和小妹还有她的奶妈一起在田野里享用了一顿海鲜大餐。那顿饭我吃得特别开心，但每当有人路过，我就会立刻放下碗筷，嚷嚷着要回家。说实话，我有点怕生。

银汤匙

我本来对食物没什么兴趣，但阿姨总能用她特别的调料，让每道菜都变得美味，让我忍不住多吃几口。

她还会用清洗干净的肥肥的竹子做菜，那些竹子上有短小的茎干和紫红色的肉瘤，在太阳下还能看到金黄色的毛和乳白色的纹理。竹子大的外皮可以戴在头上，小的外皮去掉细毛后可以用来包梅子干，酸溜溜的梅子汁水会流出来，特别好吃。

我还喜欢吃阿姨做的金丝竹，看着她在泥锅里烹制，我都忍不住要流口水。有时我不想吃饭，阿姨就会拿出一个五颜六色的小饭盆，逗我吃饭。

我也很喜欢鲷鱼，鲷鱼的眼球特别好吃，外酥里嫩，有弹性，不容易碎。咬一口，就像在吃一颗晶莹剔透的玉珠。红头鲷的牙很白，我格外喜欢吃。

奇怪的疯子

我家附近有个疯子。他的头发又长又乱，身上沾满了灰尘和灰烬，都快长出青苔来了。他身上的衣服已经被烧得七零八落。他挂着一截粗大的竹子作拐杖，不管冬天还是夏天，他都静静地走着，似乎在思考着什么。熟悉他的人看他可怜，偶尔会给他一颗丸子，他就像是一个捧着铁钵的僧人，一本正经地收下。有时候别人给他一套新的衣裳，他也会勉为其难地收下，穿个一两天然后又换上原来的破旧衣裳。他在一座农舍旁边掘了一个洞穴，洞穴中常年生着炉子，那个洞穴距离我们住的地方不算太远。心情好的时候，他就去附近转转，累了就回去。就这样，不管刮风还是下雨，他都会出现在那一带。有一些人，一天不见他，便猜测："他今日情绪低落。"如果一连三四天都看不到他的身影，那些人就会觉得他生病了。说来也怪，他看见来往的妇女，都要倒退三两步，呸呸两声，好像碰到了什么污秽之物。

阿姨是个有洁癖的人，从看到他的那一刻起，她就觉得他身上的味道很难闻，所以在他还没来得及离开的时候，她就转身离开了。一日，阿姨背我到老夫妇的糕点店去，忽然在路上碰到他，便说："我出五个铜板，请你快快洗一次脸。"

阿姨一边说着，一边从腰间拿出一个皮夹。疯

奇怪的疯子

子被吓了一跳，摇了
摇头，一脸厌恶地离
开了。

　　一直到我长大成
人，开始变得淘气，
这个疯子都还在。一
天，我忽然听到消
息，前一天晚上，他
被一把火给烧死了。
我忐忑不安地走到他
的住处，发现他经常
使用的竹棍还在，但
并没有发现他。

· 031 ·

古董与夜晚的魔法

我家里藏着一些神奇的古董，其中我最珍爱的，莫过于一面鼓和一把笙。它们仿佛有着古老的灵魂。每当触摸它们时，我总能感受到一股神秘的力量。此外，还有一个黑色的斗笠，给我带来了无尽的遐想。而一把手提鼓，更是我的心头好。尤其是鼓上那根猩红色的线缆和鼓古怪的外形，总是让我着迷不已。

阿姨总是充满好奇，喜欢尝试各种新奇的事物。有一次，她跟着节奏敲起了一面小鼓，那欢快的节奏让我们都忍不住跟着摇摆。她还在抽屉里发现了一些有趣的小玩意，比如一把钉钉子用的铜锤、一把形状奇特的兔蹄形刷子。这些都被她小心翼翼地放进了小抽屉里，成为我们共同的宝藏。

我从不直接告诉阿姨我想要什么，只是让她一个个猜。如果她给我不喜欢的东西，我会毫不客气地拒绝。每当我遇到不开心的事情时，她总会抓住一切机会来安慰我，让我感到无比温暖。

记得有一次，我生病了，阿姨摸了摸我的额头，发现我在发烧。她立刻决定送我去医院，虽然我不太喜欢去医院，但阿姨答应为我织一张漂亮的花毯，我便乖乖去了医院。下午，她从田野里采来各种美丽的花朵，开始编织花毯。我坐在一旁，看着她熟练的手法，心中充满了期待。

银汤匙

那天晚上，我们一家人坐在起居室里，我拿出我的玩具和大家一起玩。玩着玩着，我突然感到有些累了，心情也变得低落起来。阿姨察觉到我的情绪变化，温柔地说："你累了吧？"她帮我收拾了散落一地的玩具，然后轻轻地拍了拍我，让我安心休息。

夜深了，屋里的火光摇曳着，阿姨为我铺好被子，让我坐在床上。当我不开心时，她便迅速安抚我。冬天的时候，她会把衣服叠好放在火炉上烤，直到衣服变得暖暖的。每当我取下一件时，我都会深深地吸一口气，仿佛能闻到阳光的味道，这让我感到无比温暖。

那些衣服上的花纹也吸引了我的目光，有的花纹是一朵盛开的菊花，有的是一些树枝和戴菊鸟的花纹。我想象着它们是从遥远的国度运来的，充满了异国的风情。我非常喜欢它们的气味，尤其是晒过太阳的味道。我时常会躺在温暖的被褥上，把头埋进去，深深地吸一口气，仿佛能吸进整个世界的温暖。

夜晚的房间光线昏暗，我害怕黑暗。但阿姨总是在我躺进被窝后，为我点燃一盏灯。她熟练地在灯芯上沾上一层油彩，然后点燃它。那团温暖的火光会瞬间驱散黑暗，让我感到安心。阿姨还会为我讲述各种有趣的故事，她的记忆力极好，能讲述出各种精彩纷呈的情节。虽然她不会写字，但她能发挥想象力，模仿人的嗓音、模样和表情，在昏暗的

灯光下看起来几乎和
角色一模一样。听着
她的讲述，我渐渐沉
浸在故事的世界里，
忘记了害怕和孤独。

童年的温情与想象

在我童年的记忆中，阿姨总是用她那充满慈爱的声音，讲述着一个个凄美的故事。其中最让我难以忘怀的，便是一个关于三途河上用石头垒起塔的孩子和戏曲《义经千本樱》的故事。每当讲到那个孩子因为伤害了母亲而遭受不幸时，她总会轻轻地

银汤匙

叹息。虽然我年纪尚小，不能完全理解故事中的深意，但每当听到这个故事时，我都会感到一种难以言喻的压抑，仿佛能体会到那个孩子心中的痛苦和遗憾。

阿姨总是用她那特有的方式，安慰着我幼小的心灵。她告诉我，地藏佛祖会保佑那个孩子，让他得到安息。因此，每当我看到路边的石头佛像时，我都会想起那个故事，心中充满了对地藏佛祖的敬畏和感激。

阿姨不仅是一个慈爱的长者，更是一个热爱生命、尊重生命的人。她对待动物如同对待人一样，充满了关爱和尊重。当她听说被剥皮的母狐有一只幼崽时，她的眼中充满了泪水，用颤抖的声音讲述

着母狐的悲惨遭遇。她说，母狐在被剥皮时还在呼

喊着她的孩子，那声音哀婉凄切，让人心碎。

阿姨的善良和慈爱深深地影响着我。她每晚在

我上床后，都会轻声为我背诵《百人一首》中的

和歌。那些优美的诗句，如同甘甜的泉水，滋润着

我的心田。虽然当时我并不完全理解它们的含义，

但我能从中感受到阿姨对我的爱和期望。

除了和歌，我还喜欢阿姨给我看的那些古老的

和歌卡片。每张卡片上都有精美的插图和优美的诗

句，让我仿佛置身于一个充满诗意的世界。我喜欢

那些描绘自然景色的卡片，比如《末之松山》中的

海浪、《淡路岛》中的扁舟和小鸟，还有《大江山》

中那神秘的妖怪传说。这些卡片不仅让我欣赏到了

美丽的画面，还让我对和歌产生了浓厚的兴趣。

在阿姨的陪伴下，我度过了一个又一个美好的夜晚。那些关于三途河的故事、关于母狐的传说、关于和歌的温情，都成了我童年最珍贵的回忆。我感谢阿姨，感谢她用她的故事和关爱，为我编织了一个充满温情和想象的童年世界。

除了阿姨的故事和诗歌，我家后面的小菜地也是我童年的乐园。夏日里，阿姨会买来各种菜苗，将它们小心翼翼地种在田地里。她会在麦秸篓里填上潮湿的泥土，然后种上一些绿油油的小草，让整个小菜地都充满生机。每天清晨和傍晚，阿姨都会带着我一起给菜地浇水。看着植物一天天长大，我心中充满了喜悦。

茄子和西瓜在阿姨的精心照料下茁壮成长。

每当看到田地里**硕果累累**①时，我都会感到无比自豪和欣喜。阿姨虽然有时会为蔬菜的成长而发愁，但看到那些小苗每天都在生长，叶子间开满了黄紫相间的小花，她的脸上总会露出欣慰的笑容。

然而，并不是所有的种子都能结出我们想要的果实。有些种子长出的青瓜变成了葫芦，让阿姨感到有些失望。但她并没有放弃，而是继续用心照料着每一株植物，希望它们能够茁壮成长。

除了蔬菜，奶奶种的栗子和胡桃也是我童年的美好回忆。我喜欢采摘那些成熟的果子，用它们来

---

① 硕果累累：秋天丰收时树上的果实茂盛的样子。常引申为某人的作品很多，取得了很大的成就。

zhuāng shì zì jǐ de yī fu
装饰自己的衣服。

měi dāng kàn dào nà xiē guà zài
每当看到那些挂在

gāo chù de guǒ zi shí　　wǒ dōu huì gǎn dào wú bǐ xīng fèn hé qī dài
高处的果子时，我都会感到无比兴奋和期待。

suī rán yǒu xiē bǎi hé huā de yán sè guò yú xiān liàng　　ràng wǒ gǎn dào yǒu
虽然有些百合花的颜色过于鲜亮，让我感到有

xiē bù shū fu　　dàn nà xiē huáng sè de bǎi hé huā què ràng wǒ bèi gǎn qīn qiè
些不舒服，但那些黄色的百合花却让我倍感亲切。

tā men rú tóng wǒ tóng nián de jì yì yí yàng　　sè cǎi nóng liè　　wēn xīn ér
它们如同我童年的记忆一样，色彩浓烈，温馨而

měi hǎo
美好。

寺庙奇遇与心灵的慰藉

我家隔壁有座古老的寺庙，那里供奉着威严的阎罗王。有一天，远处的铃铛声悠扬地响起，阿姨轻轻为我穿上夏季的浅绿色的衣服，带着心情烦闷的我，一同去拜访这位威严的神明。每到盂兰盆节，阿姨总是坚持让我穿上这件夏天的衣服，以至于现在，每当看到浅绿色的东西时，我都会不由自主地想起那段时光，心中涌起一丝淡淡的忧伤。

从寺庙到大门，人潮涌动，烟雾缭绕。一路上，鞭炮声声震耳，小摊贩们的吆喝声此起彼伏，服务员忙碌地安排着客人。我踏着台阶，穿过一扇写满字的红色大门。右边的小宫殿里，供奉着一个面容丑陋的老头，让人感到一丝神秘与敬畏。

寺院里炊烟袅袅，小孩子们嬉戏打闹，不时敲打着铜锣。阿姨鼓励我也去敲几下。见到阎罗王之后，我们开始往外走。我们来到了三途河的岸边，那里有一个老妇人的雕像。这个老妇人的眼睛深邃而空洞，脸色苍白如纸，头上系着红白相间的发带，给人一种诡异而庄严的感觉。

那天，因为心情不佳加上天气炎热，我时常感到头疼。阿姨是个迷信的人，她经常带我去拜访这位老妇人，希望她能给我带来好运和安宁。我也被阿姨的虔诚所感染，开始相信这些神秘的力量。

在寺院里，我还遇到了一群乞丐。他们站在寺院的墙头下，排成一列，等待着施舍。我们去的时候人还没到齐，只有两三个跛脚的人。其中一个到得最早的人，在地上铺了一块苇席，算是他们的临时住所。我被阿姨的善良所感染，也施给他们一些小恩小惠。

其中有一位美丽的盲人姑娘，她常弹古筝，用那沙哑的声音歌唱。阿姨说，她曾经在贵族或武士家伺候，如今却沦为无家可归的乞丐。每当她弹奏古筝时，那优美的旋律总会吸引众人的目光。她的手指在琴弦上轻轻滑过，那琴上的野鹅图案显得格外漂亮。

有时阿姨会带我去看精彩的杂技表演。戏台边上摆放着变戏法的工具和装满小动物的箱子，让人

<ruby>充<rt>chōng</rt></ruby><ruby>满<rt>mǎn</rt></ruby><ruby>好<rt>hào</rt></ruby><ruby>奇<rt>qí</rt></ruby>。<ruby>墙<rt>qiáng</rt></ruby><ruby>壁<rt>bì</rt></ruby><ruby>上<rt>shàng</rt></ruby><ruby>贴<rt>tiē</rt></ruby><ruby>着<rt>zhe</rt></ruby><ruby>的<rt>de</rt></ruby><ruby>广<rt>guǎng</rt></ruby><ruby>告<rt>gào</rt></ruby><ruby>描<rt>miáo</rt></ruby><ruby>绘<rt>huì</rt></ruby><ruby>着<rt>zhe</rt></ruby><ruby>惊<rt>jīng</rt></ruby><ruby>心<rt>xīn</rt></ruby><ruby>动<rt>dòng</rt></ruby><ruby>魄<rt>pò</rt></ruby><ruby>的<rt>de</rt></ruby><ruby>场<rt>chǎng</rt></ruby>

<ruby>景<rt>jǐng</rt></ruby>，<ruby>比<rt>bǐ</rt></ruby><ruby>如<rt>rú</rt></ruby><ruby>一<rt>yì</rt></ruby><ruby>条<rt>tiáo</rt></ruby><ruby>吐<rt>tǔ</rt></ruby><ruby>着<rt>zhe</rt></ruby><ruby>芯<rt>xīn</rt></ruby><ruby>子<rt>zi</rt></ruby><ruby>的<rt>de</rt></ruby><ruby>蛇<rt>shé</rt></ruby><ruby>准<rt>zhǔn</rt></ruby><ruby>备<rt>bèi</rt></ruby><ruby>吞<rt>tūn</rt></ruby><ruby>噬<rt>shì</rt></ruby><ruby>小<rt>xiǎo</rt></ruby><ruby>鸡<rt>jī</rt></ruby>。<ruby>我<rt>wǒ</rt></ruby><ruby>最<rt>zuì</rt></ruby><ruby>喜<rt>xǐ</rt></ruby>

<ruby>欢<rt>huan</rt></ruby><ruby>的<rt>de</rt></ruby><ruby>还<rt>hái</rt></ruby><ruby>是<rt>shi</rt></ruby><ruby>一<rt>yí</rt></ruby><ruby>个<rt>gè</rt></ruby><ruby>扮<rt>bàn</rt></ruby><ruby>演<rt>yǎn</rt></ruby><ruby>老<rt>lǎo</rt></ruby><ruby>鼠<rt>shǔ</rt></ruby><ruby>的<rt>de</rt></ruby><ruby>节<rt>jié</rt></ruby><ruby>目<rt>mù</rt></ruby>。<ruby>指<rt>zhǐ</rt></ruby><ruby>挥<rt>huī</rt></ruby><ruby>老<rt>lǎo</rt></ruby><ruby>鼠<rt>shǔ</rt></ruby><ruby>表<rt>biǎo</rt></ruby><ruby>演<rt>yǎn</rt></ruby><ruby>的<rt>de</rt></ruby><ruby>是<rt>shì</rt></ruby>

<ruby>个<rt>gè</rt></ruby><ruby>三<rt>sān</rt></ruby><ruby>十<rt>shí</rt></ruby><ruby>来<rt>lái</rt></ruby><ruby>岁<rt>suì</rt></ruby><ruby>的<rt>de</rt></ruby><ruby>女<rt>nǚ</rt></ruby><ruby>人<rt>rén</rt></ruby>，<ruby>她<rt>tā</rt></ruby><ruby>扎<rt>zhā</rt></ruby><ruby>着<rt>zhe</rt></ruby><ruby>马<rt>mǎ</rt></ruby><ruby>尾<rt>wěi</rt></ruby>，<ruby>戴<rt>dài</rt></ruby><ruby>着<rt>zhe</rt></ruby><ruby>鸭<rt>yā</rt></ruby><ruby>舌<rt>shé</rt></ruby><ruby>帽<rt>mào</rt></ruby>，<ruby>一<rt>yì</rt></ruby>

银汤匙

有机会就会为表演的"老鼠"们加油打气。有时，"老鼠"会把表演用的米袋往台下一丢，引得其他小孩争相抢夺。米袋也经常滚到我面前，我也想要去抢夺一番，可最终我还是克制住了自己。

演出结束后，女人会把一只鹦鹉从笼子里拿出来，教它说人话。有时鹦鹉心情不好，不愿出声，那女人便会温柔地问："你怎么了？"那声音充满了关爱与耐心。这时，我就会默默地离开戏台，但那只漂亮的鹦鹉却深深印在了我的心中。它的羽毛鲜艳夺目，眼睛炯炯有神①，仿佛能洞察人心。

我经常到夜市上吃东西。一个小贩把盘子一转，大声喊道："卖醋栗！"摊子中五颜六色、酸味

---

① 炯炯有神：眼睛明亮，有神采。炯炯，明亮的样子。

· 048 ·

十足、汁水直流的醋栗被放在蒲团上。夜市里还有个卖黄豆酱的老大爷，他扯着嗓子大叫："卖豆豉！"

一到夏天，我就跑去摆着各式各样的昆虫的摊子。这时摊子上的虫子丰富多样。我一直想要金琵琶和铃虫，但阿姨总是买错。有一回，我特意买了一只阿姨不喜欢的蝈蝈，她为此睡不着觉。

假如买那种有插画的小说，老板就会把它卷成圆筒用绳子捆好。在回家的路上，我会把这本书放在眼前，透过圆筒往外望。每当家人想要看书上的插画时，我就会把它摊开让他们欣赏。他们总是惊叹不已，纷纷围上前来。有一本书的书脊上写着"新一代猛兽图鉴"几个字，书中描绘了各种奇特的动物和与动物相关的故事。有微笑的象、长着樱

银汤匙

桃般的嘴唇的兔子、美丽的羊、有着硬毛的猪……

它们或温顺，或凶猛，各

具特色。我听着家人们

一个个念完这些动物

的名字，最后相互道

一声"晚安"，便各

自回房去了。

银汤匙

我生性腼腆，不喜欢说话。看见中意的东西，就拽着阿姨的衣袖，不好意思地让她猜猜看我想要什么。我小时候很爱吃三文鱼，但是阿姨不爱吃，她总是将三文鱼藏起来。

竹制的兔子玩具在炎热的天气里，黏胶会软化，不能欢快地跳动，只能摇晃着尾巴，无力地倒在地上。我有一个小鸟形状的玩具，只要一吹，小鸟就会叽叽喳喳地叫个不停。

寒夜里，最可怜的就是卖点心的老奶奶了。她衣衫单薄，没有一个人去买她的点心。我同情她，恳请阿姨买些回去，阿姨说点心不太干净，最后还是拒绝了我。

有一次，家人带我去看了一场名为"傻瓜嗦

子"的表演。那个"傻瓜"给我留下了深刻的印象。

尽管我从未说过我想看这样的表演，但家人误以为

这能让我心情好转。然而，我内心却感到十分不适。

我常常独自走到野外，在悬崖边待上很久，抬

头看着山上的风景来散心。那些壮丽的自然风光总

能让我感到一丝宁静与安慰。

友情的乐章

与神田那些活泼跳脱的孩子相比，新的住处附近的孩子显得更加沉稳。住在这片宁静之地，我感受着前所未有的舒适与惬意。阿姨为了让我更好地融入这里，特意为我找了一个玩伴——一个名叫阿国的女孩。

记得有一次，阿国与伙伴们在一片空旷的场地上嬉戏玩耍，阿姨牵着我的手走到他们中间，让我和他们一起玩。起初，我有些拘谨，但很快就沉浸在了游戏的欢乐中。我也逐渐融入了这个小群体，每当他们露出灿烂的笑容时，我也会跟着开心地笑。

阿姨后来又带我来了几次，渐渐地，我和这些孩子熟络起来，成了亲密无间的朋友。

阿国常常与伙伴们进行一种名为"荷花盛开"的游戏。阿姨曾教我唱那首游戏的歌谣，我也学会了。有一次，阿姨把我拉到一片空地上，让我挤进阿国和她的朋友间。玩游戏时需要和旁边的人牵手，但我和阿国都有些害羞，不敢牵手。在阿姨的鼓励下，我们才鼓起勇气牵起了手，开始和大家一起玩"荷花盛开"。随着音乐声，大家一起唱着歌："花儿谢啦，花儿谢啦！"阿姨站在我们的圆圈中间为我们打着拍子。一会，她又笑着说："放过我吧。"便从我们围成的圆圈中逃了出来。我们继续唱着歌："开花，开花，那是什么？荷花，凋谢了。"大家一起举起双手，高喊："花谢了，花又开了！"大家一起拉直手臂，我的双手被两边用力拉扯，让我感觉自己的手臂都要折断了。这样的游戏反复进行了五六遍，我终于支撑不住，央求阿姨带我回家。

阿国和我年纪相仿。初见时我们还不太熟悉，没有阿姨在身边，我就不知道如何与其他孩子相处。但阿国很友善，她问起我的爸爸妈妈和生日。当聊到生肖时，我告诉她我属鸡，还学着公鸡的

样子逗她开心。她笑着说她也属鸡，"我们可以做朋友！"就这样，我们的友谊之花悄然绽放。

阿国有个外号叫"豆芽菜"，她不喜欢这个外号，而我也不喜欢别人叫我"光头章鱼"。我们聊了很久，发现彼此有很多共同点，因此感情越来越好。

自从遇到阿国后，我也变得更加乖巧懂事了。虽然我们年龄相仿，但她的聪明才智总是让我佩服不已。

在游戏中，她总是能占据上风。附近还有个叫阿峰的女孩，比我们大一岁，性格十分刻薄，大家都不喜欢她。有一天，当我和阿国聊起生肖时，阿峰突然插嘴说她属猴，然后气势汹汹地插入我们之间。

阿国有一只漂亮的红发梳，上面还镶嵌着一朵菊花的图案。她经常向我炫耀她的新玩具，但每次

都不让我仔细看就收回去了。我们一起在公园玩捉迷藏时，她总是捉弄我，说林子里有三只眼睛的怪物，让我爬到树上去。

我被虚构的怪物吓得心惊胆战。我四处寻找阿国，公园里树木丛生，要找到她可真不容易。我害怕极了，大声呼喊她的名字，但除了自己的回声，周围什么声音也没有。我恐惧得哭了起来。

突然，一声巨响传来，我以为是阿国来了，欣喜地望去，却发现不是。我站在公园的入口处，感到一种身处绝境的孤独与无助。最后，阿国

银汤匙

终于出现了，她把我吓得**魂飞魄散**①，我一边哭一边跑了出去。

阿国和我对涂有糨糊的贴纸非常感兴趣。每次闻到那油腻腻的味道，我们都会兴奋不已。我们会互相帮助贴上贴纸，然后用手指轻轻搓动，直到图案贴到皮肤上为止。但图案干透后，会感觉有些痒痒的，总想用手去抓。有一次，我们将相同的贴纸图案贴在手上，发誓要好好珍惜这份友谊。然而，第二天我就发现图案磨损了。看着那些被磨损的图案，我感到一阵失落。早饭还没吃完，我就去找阿国，希望她不要因为这个生我的气。她卷起袖子，展示了和我一样的被磨损的图案，然后笑着说："我

---

① 魂飞魄散：形容非常惊恐。

的也一样。"

有一次，我们搬了很多拉拉藤到阿国的家门口，阿峰也跑了过来，说想跟我们一起玩。阿国很讨厌她，于是决定捉弄她一番。阿国摘下拉拉藤，朝阿峰扔去，并大声喊道："拉拉藤喜欢上你了！"阿国把拉拉藤分给我，我也学着她的样子把拉拉藤扔向阿峰。我们人多势众，阿峰吓得转身就跑。

邻居家的孩子们经常在李子树下玩耍。阿姨一听到他们玩耍的动静，就把我拉到一边，低声在他们耳边说几句话，然后就走了。他们虽然年纪比我大，但都很喜欢阿姨，也很喜欢我。尽管他们比我大很多，但每次玩游戏他们总是输给我，每个人都夸我厉害。我渐渐发现，原来朋友才是我快乐的源泉。

童年的多彩篇章

街上总是热闹非凡，大叔的叫卖声此起彼伏。糖果摊的饴糖甜滋滋的，吸引着小朋友们的目光。五彩斑斓的拼图和便宜香甜的糕点也让人流连忘返。小朋友们围着红色和绿色的纸片，小手翻飞，进行着一场紧张又刺激的拼图比赛。每当糖果摊上的大叔用汤匙挖出一颗晶莹的糖丸时，小朋友们总是迫不及待地尝上一口，然后连声称赞，甜在心头。

有时，街上还会出现一位特别的表演者。他头顶一个巨大的糖盒子，哼着轻快的小曲，打着响亮的大鼓，从人群中走过。他头上的糖罐像个大脸盆，引得路人纷纷侧目。卖糖的人敲着鼓，而他身后的女人则拉着三味线，为客人们跳起欢快的舞蹈。

小朋友们看到这样的场景，总会四散开来，笑着躲避跳舞的人。卖糖人见状，总是笑着道歉，并把那"脸盆"高举过头，引得孩子们哈哈大笑。

阿国的父亲是个魁梧的汉子，因为工作的缘故很少回家。即使回来了，他也总是住在二楼。他让我们这些小孩子有些畏惧。每当阿国的父亲在家时，我们都不太愿意去阿国家，因为他总是板着脸，一副严肃的样子。有时，阿国父亲回家时，我们打电话给阿国，邀请她出去玩，她的声音总是带着一丝胆怯。

有一次，我被邀请到阿国的家里玩。她的玩具屋简直比我们家的大五倍！小时候的我，还以为那些玩具都是活的呢，于是向它们鞠了一躬，结果引得大家捧腹大笑。就在这时，阿国的父亲从房间里走了出来。我好奇地打量着他。看到我的表情，他立刻收敛了严肃的神情，笑眯眯地问我叫什么名字。接着，他又问我们："你们说，这里最可怕的是谁？"我毫不犹豫地指向了他，阿国的父亲却笑着说："只要你听话，我怎么会凶你呢？"说完，他便上楼去了。

我时常怀念那些安静而活泼的童年时光，尤其是夜晚的时光。夏初的傍晚，落日的余晖洒在大地上，树叶和草丛都沉浸在宁静的睡眠中。一只巨大的飞蛾在花丛中飞舞，虽然有些吓人，但也增添了几分神秘感。我们抬头望着明月，轻声唱着《月亮几岁了》。阿国做了一个奇特的手势，我也学着她的样子。在月光的映照下，我们尽情玩耍，享受着无忧无虑的时光。

每当阿姨来催我回家吃晚饭时，我总是依依不舍。她费了好大的劲才把我带回家。离别时，阿姨

银汤匙

对阿国说："明日再一起玩。"阿国一边走一边哼唱着："癞蛤蟆在叫唤，我们该回家了。"我也跟着她一起哼唱，直到走到家门口。

那时，我才八岁，阿姨常常把我背在背上，给姐姐送午饭。每当父母劝说我去上学时，我总是坚定地拒绝。母亲告诉我，不上学是无法成为一个伟大的人的，我却说："成为不了伟大的人也没有关系。"那时的我，总是想不明白，为什么父母非要逼着我上学呢？

有一次，我被这件事情弄得很困惑，于是和阿国聊了起来。阿国告诉我，她也不喜欢去学校，因

wèi zài nà lǐ zǒng shì ái xùn
为在那里总是挨训。

wǒ tīng wán tā de huà xīn lǐ
我听完她的话，心里

yě yǒu le yì sī gòng míng
也有了一丝共鸣。

新学期的挑战与成长

我下定决心，不去上学。这个决定让我承受了父母的责骂。我为此还挨了哥哥一顿打，即便这样，我仍然吵吵着："阿国不去上学，我也不去上学。"

第二天，阿姨背着面色苍白的我，走到离家只有一百六十米远的学校门口。下课铃声响过没多久，阿国兴高采烈地走了出来。阿姨夸奖着她，她便得意地讲述着学校的生活。我趴在阿姨的背上，心中对阿国的得意有些不满。

傍晚时分，我终于答应爸爸妈妈去上学。天蒙蒙亮，我就跟随父亲来到老师的办公室。那里有一个玻璃箱子，里面摆放着地球仪、标本和壁画等各种有趣的东西。父亲向老师详细描述了我的情况，包括我精神的不稳定、体质的虚弱，以及胆小的性格。我听着，心里有些不好意思。老师温和地问我年龄、姓名、父亲的名字，以及家庭住址。

我回答得流畅自如。我猜想，老师可能是觉得我头脑有些特别才这样问的。听完我的回答，老师微笑着说："他可以上学了。"就这样，我顺利地通过了入学考试，被分到了一年级乙班，这是一个专为年龄较小、智力稍逊的学生设立的班级。

早到的同学们已经熟络起来，谈笑风生①。我觉得自己很特别，有些害羞，但姐姐说她放学后会

① 谈笑风生：形容谈话谈得高兴而有风趣。

来看我，这让我心里稍微踏实了一些。这时，中泽老师走了进来，他是我们的班主任。中泽老师半边脸都是痘印，看着有些可怕，可是大家一致认为他是一位温和的老师，全校学生都和他很是亲热。

下课铃响起，
学校所有孩子一起
冲到操场玩游戏。
在这之前，我一直
在自己的小小世界
里，看不到天地的
广阔。此时我简直眼
花缭乱，只能呆呆地
站在一边。
姐姐的朋友们纷纷围
了上来，好奇地向我提问。我是
个胆小鬼，害怕得不敢抬头，只
是连连点头。突然，一位老师经

银汤匙

过，不小心拉住了我的腰带，我吓得大叫起来。老师赶紧向我道歉，我才平静下来。

接下来的日子里，我经历了各种事情：有人不小心把墨水洒在地上，有人在纸上涂鸦……放学后，阿姨给我准备了一盆凉水洗脸，夸我听话。姐姐还做了一个漂亮的袋子给我，里面装满了小珍珠，作为奖励。我渐渐适应了学校的生活。家里人都夸我学习好，放学后我去找阿国玩，她的家人也称赞我很棒，这让我倍感骄傲。

上学的日子，阿姨每天给我做好吃的饭菜，细心照顾我。当我升到甲班时，有些同学想要拿我的挂件，我不敢拒绝。那是一个浅蓝色铃铛，上面有一个珠子方格。我跟他们说，这个挂件对我很重要，

rú guǒ wǒ zǒu diū le   ā yí huì gēn zhe líng shēng lái zhǎo wǒ   tā men duì cǐ

如果我走丢了，阿姨会跟着铃声来找我。他们对此

chī zhī yǐ bí   shèn zhì huǐ le wǒ de guà jiàn   wǒ shāng xīn de dà kū qǐ lái

嗤之以鼻，甚至毁了我的挂件。我伤心地大哭起来，

tā men què yí fù bú nài fán de yàng zi   shuō zhè gēn tā men méi guān xi   yòu

他们却一副不耐烦的样子，说这跟他们没关系，又

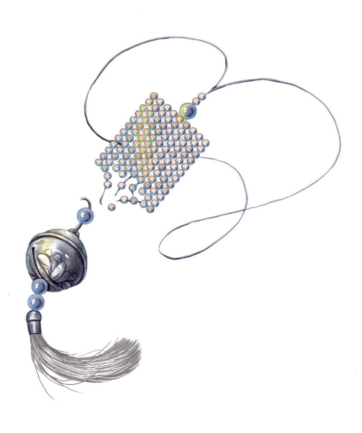

装作担心的样子。我看着已经破碎的挂件，心如刀绞①。

他们担心姐姐会责怪他们，于是赶紧溜走了。

姐姐安慰我，答应给我做一个新的挂件，让我不要哭了。可那群同学却嘲笑我是个爱哭鬼。

我的同学岩桥出生在一个砖工家庭，性格比较强势，喜欢斤斤计较。有一次我们上课时打闹被老师发现，名字被写在黑板上。下课后，姐姐问我上课打闹的事，我正想找出是谁告的密，没想到姐姐说她是看到黑板上的名字才知道的。我知道自己犯了错，心里很难过。

岩桥的笔记都是用红色铅笔写的。他还画了一

① 心如刀绞：形容内心痛苦得像刀割一样。

幅画，描绘了一名警官扶起一名迷路儿童的场景，警官在儿童的头上抹了一抹金色，双眼瞪得圆圆的。

放学铃声响起后，老师走了，岩桥作势要揍我。这时，一个高大的男孩走过来，交给我一些东西。他把两三颗红色的果子塞到我手上。虽然我不太喜欢这种东西，但被人关心让我很高兴，于是我微笑着说了声"谢谢"。后来我才知道，这些果子是种在学校后院的一种叫美男葛的果实。这个高大的男孩叫长平，是传庭亭鱼贩的儿子，我们聊得很投机。有一次，他提出要和我一起去上厕所，我犹豫了很久才答应。后来我们在外面玩耍时被老师发现，受到了训斥。那一刻，我意识到了自己的错误。

品德课的启示与旅行的回忆

品德课是一门学生非常喜欢的学科。老师总是借助生动的图画，用故事的形式将生活中的道理娓娓道来。这些图画深深吸引了同学们的注意，大家纷纷央求老师再多讲几个故事。老师微笑着答应了，说只要我们认真听讲，他会继续为我们讲故事。

然而，令我感到奇怪的是，老师从未讲过那张画着一个外国女人带着孩子掉进雪地的图画相关的故事。那幅画深深地吸引了我，每次看到它，我都仿佛能感受到那种寒冷与无助。一下课，我就迫不及待地请求老师再讲一个故事。

老师看着我，微笑着问："好吧，你想听哪个故事呢？"我毫不犹豫地指向了那幅我最喜欢的图画。

于是，老师开始讲述那对母子在雪地里迷路的故事。母亲脱下自己的衣物，全部给孩子穿上，最终冻死在了雪地里。这个故事深深地触动了我。

当老师问我这个故事是否有趣时，我毫不犹豫地回答："很有意思！"同学们都惊讶地看着我，因为他们的想法和我截然不同。有人甚至开始嘲笑我。

从那以后，我开始害怕别人的关注，渴望拥有属于自己的一片空间。每当我遇到麻烦时，我都会选择躲起来，静静地思考。这种独处让我感到舒适和安心。

后来，我们搬了家，我却开始频繁地做噩梦。

银汤匙

在梦中，我遇到了一个黑暗的旋涡和一些怪物。为了摆脱这些噩梦，我决定和爸爸一起睡觉。每天晚上，爸爸都会给我讲故事，试图让我安心入睡。但那些可怕的妖怪似乎总是如影随形，总是出现在我的梦里。

为了帮助我走出阴影，爸爸听从了医生的建议，带着我和妈妈去海边度假。一路上，我看到了以前只有在和歌卡片上才能看到的景色，这些景色使我心驰神往，欣喜若狂。路上我看到了一片神奇的海洋，那里的巨浪比我大得多。大海一片湛蓝，海上有几艘小船，船帆张开，银光闪闪。当我们的小船驶过陡峭的悬崖时，我感到一种令人难以忍受的孤独，悬崖上的杂草似乎也变得可怜起来。我们还去了卖贝类的店铺，里面摆放着各种各样从海底捞上来的珍宝。爸爸给我的姐妹买了一些发钗，又给我买了一袋珍珠贝。

人力车带着我们在一片绵延不绝的松林中穿行。不久，我们就到了旅馆。旅馆的经理和服务员立刻迎了上来，热情地向我们打招呼，一副老朋友的样子。我一整天都静静地呼吸着海风的味道，看着那一道道波涛汹涌的浪花，整个人都陷入了沉思。

夜幕降临，旅馆里亮起了灯。屋内的灯罩是用一根根弯竹条做成的，然后用纸糊上，放在一个漂亮的黑漆底座上。蝉向火焰的方向飞了过去，落在了灯笼上。它通体碧绿，双眼大睁，煞是可爱。我试着用手指头去碰它，但它很灵巧地从灯罩里溜了出来。

我来到大厅观看烟火。这时，一个漂亮的女人走了过来，送给我一袋小吃。其他人都称她为"艺伎"，我感到有些害羞，赶紧逃走了。之后，我向妈妈讲述了这件事，她却笑我没有见过世面。

我本以为艺伎会再来找我，但她没有，这让我有些失落。

第二天，我和爸爸漫步在松林中。我兴奋地捡起地上的松球，跟随爸爸来到一个亭

银汤匙

子。在那里，我们遇到了传说中的"高砂老翁"。

我激动得说不出话来。因为我太开心了，于是主动和爸爸聊了很多。回到旅馆后，爸爸说我今天变得特别健谈①。

当我们结束旅行回来的时候，才知道阿国一家由于她父亲工作的原因，已经远走他乡了。我收到一封迟来的道别信。从那以后，我就不再做噩梦了，还变得更加强壮。但我还是不愿意去学校，因为我经常被学校里的生活困扰。但我对中泽老师还是很有好感的，他是一位既温和又宽容的老师，在我的记忆中，他只有一次表现得非常严厉。

由于某种原因，我和邻座的安藤繁太老是相互

---

① 健谈：善于说话，经久不倦。

看不顺眼，关系一直不好。有一次，在一堂数学课上，他把一只眼睛刻在石板上，并把我的名字刻在边上，还嘿嘿地笑着，拿给我看。我愤怒地做了一只大木鞋，并在上面刻下了"死繁太"几个字。我们最终打了起来，被老师当场抓住。

中泽老师严肃地询问我们为什么打架。我向他

银汤匙

jiě shì shì qíng de jīng guò　　dàn fán tài què sā
解释事情的经过，但繁太却撒

huǎng shuō shì wǒ xiān mà rén de　　lǎo shī ràng
谎说是我先骂人的。老师让

wǒ men gěi duì fāng dào qiàn　　bù rán jiù bú ràng
我们给对方道歉，不然就不让

wǒ men liǎ huí jiā　　dāng fán tài zhōng yú shuō chū
我们俩回家。当繁太终于说出

duì bu qǐ　　shí　　wǒ de yǎn lèi rěn bú
"对不起"时，我的眼泪忍不

zhù diào le xià lái　　lǎo shī shuō　　dào qiàn de
住掉了下来。老师说："道歉的

rén cái shì shàn liáng de　　wǒ men kuān shù nǐ
人才是善良的，我们宽恕你。"

yú shì fán tài huí jiā le
于是繁太回家了。

　　wǒ jué de zì jǐ méi yǒu cuò　　suǒ
　　我觉得自己没有错，所

yǐ bú yuàn yì dào qiàn　　dàn wǒ hěn xiǎng huí
以不愿意道歉。但我很想回

jiā　　yú shì yǎn lèi yòu bù zhēng qì de liú
家，于是眼泪又不争气地流

le chū lái　　zuì zhōng　　zhōng zé lǎo shī gào su
了出来。最终，中泽老师告诉

wǒ zhǐ yào wǒ dào qiàn jiù ràng wǒ huí jiā　　jǐn
我只要我道歉就让我回家。尽

管我仍然坚持自己的立场，但

老师耐心地向我解释说，虽然

确实是繁太主动挑衅在先，但

我也不能在班上对他进行报

复。在老师的劝说下，我终

于低下头说了句"对不起"，

然后回家去了。

回家后，家人们都知道

了我今天的事情，于是都笑话

我。他们说我这个没本事的秃

头八爪鱼，竟然也会打架，这

简直就是奇迹。

童年伙伴与成长之路

平日里，我并不热衷于书本，每当考试来临，我总是手忙脚乱，不知所措。看着同学们一个个轻松地答完试卷回家，我还在那里埋头苦写，真是让我头疼不已。

朗读课的考试更是让我头疼，好多字我都不会读。但每次考试结束后，我总是自我安慰，觉得自己是个好学生——能被自己喜欢的老师安排在他旁边，还能免受责骂，这种待遇，不就是考试第一名的学生才有的吗？我回到家，总会向家人炫耀我是班级的第一名，家人也总会夸我。

学期快结束时，我有幸结识了新邻居。那天，我正在院子里玩耍，一个和我年纪相仿的女孩从栅栏里探出头来，看见我后又躲了起来。但很快她就鼓起勇气走了出来，匆匆看了我一眼，又迅速躲开。我们都有些羞涩。最后我们终于鼓起勇气一起玩了起来。我们刚玩了一会，她就被家里人叫去吃晚饭了，我便也回家吃饭去了。

吃完饭后，我迫不及待地回到院子里，她已经在那里等着我了，并向我发出了再次一起玩的邀请。我有点不好意思，但还是接受了。我们彼此作了自我介绍，她告诉我她叫阿蕙。

阿蕙在我心中像女王一样，她性格倔强，并不害怕陌生人。我对她恭敬有加，总是听从她的安排。

银汤匙

有一天，我看到阿蕙在她外婆的带领下进入学校，转来了我们班，我心里很是兴奋。上课时，我无法专心听讲，总是偷偷地看着她。但她装作没认出我来。后来我找阿蕙玩，她却告诉我她不和成绩差的孩子一起玩。

那天晚上，我心里很难过。虽然曾有过退学的念头，但家人的鼓励让我坚持了下来。在接下来的一个学期里，我努力学习，终于取得了第二名的好成绩。而阿蕙也在女生中得了第五名。我和阿蕙又玩在了一起。

岩桥经常欺负女孩。有一天，阿蕙被他欺负了。

我毫不犹豫地跑过去，将

银汤匙

他推开，救下了阿蕙。阿蕙刚站起身，连身上的尘土都来不及擦拭，就用袖子掩住了自己的脸庞，呜呜咽咽地哭了起来。我帮她擦掉了衣服上的尘土，一直哄着她。经过这件事之后，我们的友谊更加深厚了。

下课以后，我因为没有心思温习功课，便寻了一个理由跑到后面的农场去玩。我先是一个人玩着，等待着阿蕙过来陪我。阿蕙每次来时，总会带来一个红色的和一个蓝色的毛线球，我们就用猜拳来决定先玩哪一个。阿蕙猜拳输给我时就会耸耸肩膀。我们在农场上玩得不亦乐乎。

分开的时候，我们总要发誓明天依旧一起玩，不然就烂手指。现在想起来这些誓言实在有些可笑。时光匆匆，但这段回忆却一直留在我的心里。

虽然我和阿蕙一直很要好，但有时也会吵架。有一次，我们在操场上玩球，结果阿蕙因为总是输，便对我大发脾气，还用拳头殴打我。忽然，从她的衣袖中滚出几个小小的沙包，她也不去捡，还说以后不再跟我一起玩。在我向她道了歉之后，她就走了，我把沙包捡了回去。回家后我很担心，一直在想要是阿蕙知道我把沙包捡走了会怎么样。整整一夜，我都在思考是不是该把沙包放回去，又害怕撞见阿蕙。次日一早，我早早到了教室，可阿蕙没来上学。

后来我才知道，阿蕙之所以没有来上学，是因为家里有事。之后，阿蕙到我家来找我，她向我道歉后我们重归于好。然后阿蕙又请求我还给她沙包。我赶紧将沙包还给了她。我们拿着沙包，玩了起来。

童年的友情与考验

上朗读课时，老师别出心裁地提出了一个挑战：选择有难度的文章进行抢读。男女生分组，轮流朗读，一组一旦出错，另一组就立刻指正。我总是信心满满，从未出错，看着同学们因犯错而尴尬，我总是忍不住哈哈大笑。那次，我选中了《陶瓷》这篇文章，本以为自己会读得很完美，却不料一时疏忽，读错了一个地方，让一个女生指出了错误。我坐在座位上生气地寻找着"罪魁祸首"①，原来指出了我的错误的是阿蕙。

---

① 罪魁祸首：指作恶犯罪的头目，也指灾祸的主要原因。

银汤匙

fàng xué hòu　　ā huì lái dào wǒ jiā
放学后，阿蕙来到我家，

wǒ men yì qǐ fān qǐ le cǎi sè de shéng
我们一起翻起了彩色的绳

zi　　fǎng fú bù zhī pí juàn　　wán
子，仿佛不知疲倦，玩

de bú yì lè hū
得不亦乐乎。

伦理课上，老师提议让我们自己讲述故事。同
学们一个个上台讲故事，无论是平时嚣张的还是容
易害羞的，都显得紧张不已。轮到我时，我心
中忐忑不安，担心无话可说。最终，我选择
了一个关于河童的故事。阿蕙紧张地望着

我，我时不时瞥她一眼，讲述得流畅而完整。讲完后，我向老师鞠躬致谢，没想到老师轻轻敲了敲我的头，笑着说我脸皮厚。

轮到女生讲故事时，大家都犹豫不决，只有阿蕙勇敢地第一个站了出来。她刚开始讲时低着头，声音很小，脸红到了脖子。但随着故事的展开，她的表情逐渐自然，声音也越来越大。讲完后，老师表扬了她，还说本来以为女生没人上台，输定了，谁能想到结果阿蕙讲的故事让女生赢了呢？女生们都笑了起来。阿蕙红着脸坐下，我看着她，心里五味杂陈，有些后悔让自己没有讲她的那个故事。

有一次，阿蕙来我家时，手脚都快要冻僵了。阿姨为她放了一只火盆，她倚着火盆，我们一起玩耍。有时我会和她开玩笑，她却好像信以为真，都快哭出来了，我便赶紧去安慰她。我想让她开心，但她却越来越伤心，我只能不停地道歉。突然，她抬起头，吐了吐舌头，得意地笑了起来，好像在说："我也在跟你开玩笑。"

我想跟阿蕙成为一生的好朋友。

后来，附近新来了一家邻居，他家的儿子富公也转到了我们班。阿蕙很快和他成了好朋友，称呼他为"阿富"。富公很会讨女孩子欢心，这让我有些嫉妒。每晚阿蕙来我家时，都会提起富公。我特意拿出漫画书想吸引她，但她并不感兴趣。我们三个经常一起玩，但由于我总是被富公和阿蕙取笑，最终我们决裂了。

银汤匙

一天，我独自坐在书房里，心情烦躁。突然，门外传来响动，阿蕙出现在门前，我吃了一惊。阿姨走过来，显然不知道情况，询问阿蕙的来意。阿蕙礼貌地向我鞠躬道别，然后离开了。后来，阿蕙向我解释，她之前去找富公玩只是因为他家有好玩的东西，但被妈妈批评后，她决定还是和我一起玩。听到这话，我心里很高兴。

第二天去学校，我看见富公悄悄地走向阿蕙，和她说话。阿蕙冷冷地说："我讨厌你！不会再和你一起玩了。"

富公很精明，他先是威胁我不要和阿蕙玩，后来知道我们又和好了，就煽动班上的同学来孤立我们。尽管处境艰难，但我和阿蕙之间的感情却更加深厚了。每次放学后，我们回到家里，看到彼此，都会感到一种难以言表的快乐。富公的报复心越来越重，我对他的恨意也越来越深。

有一天，长平告诉我富公在对我设圈套，于是我打定主意，故意最后一个离开教室。富公和他的伙伴躲在了一片没有人的竹林里等着我。我听到富公的伙伴发出一阵古怪的咳嗽声，心想这一天总算是来了，但还是装作若无其事的样子，从他们身边走过。此时，富公喝道："嘿！开始攻击吧！"

不过富公以外的人对我并没有什么敌意，所以没有攻击我，只是围着我叽叽喳喳地说个不停。其中有个烂眼睛的人忽然出现在我背后，一把掐住了我的脖子。富公本来表现得忐忑不安，但是这个帮手让他有了底气。

我拔出罗汉竹，狠狠地砸在那个烂眼睛的人的脑袋上。不料，他一下子跌坐在地，喊道："不！不要这样粗鲁！"

他抱着头，发出了凄惨的哭声。其他人见他服软，也是一脸的懊悔之色，纷纷说："不关我们的事！"

那个烂眼睛的人站起来后，紧闭着眼睛，宛如已经下定决心要和富公并肩作战，他又死死地缠着我，不让我离开。

哪怕是最勇敢的人，也无法忍受这一幕。最后我终于摆脱了那个死缠烂打的人，回到了家里，竟然也有一种想哭的冲动。

桃花节与离别的忧伤

时间在冬日里我们敲碎冰柱、在冰块上捞雪的时候悄然流逝，眨眼就到了桃花节。我家中曾经有一组年代久远的雏人偶，在神田的大火中幸免于难，但它们都已经残破不堪。原本的五个人偶现在只剩下了三个，它们背上的箭矢也被弄得七零八落，但家人依旧将这些箭矢挂在墙上，作为节日的装饰。阿姨将家里所有不值钱的东西都收集起来，用海螺做成屏风，用自己的双手来修补雏人偶。铺着红色毯子的台子上，摆放着一排排美丽的人偶，大家讨论后，决定顶层的雏人偶由我、第二层由大妹、第

银汤匙

三层由小妹负责上供。每到供奉人偶的时候，我就高兴得不得了。我还记得，当初我担心人偶会在我睡觉时逃走，被家人嘲笑。桃花节的时候，我特地请了阿蕙一起玩。她身穿一件很正式的和服，外面罩了一件带红穗的外套。我们两个老老实实地坐着，静静地吃着炒豆。阿姨端着两个杯子，给我们倒上了浓浓的葡萄汁。葡萄汁从瓶中流到杯子里，水流像一根挂在杯中的木棍。杯子慢慢地被斟满，我和阿蕙并肩而坐，用门牙把杯子敲得砰砰作响。阿姨一向疼爱孩子，能让我们开心，是她最大的乐趣。

阿姨总是夸奖我们，说我们长得像洋娃娃，又般配。阿蕙这天的穿着很正式，她拿着皮球和小沙包在手里摆弄。她因为穿得很正式，不好意思像往

常一样和我一起玩沙包。在玩了一局棋盘游戏后，

她终于放松下来，开始玩起了其他的游戏，比如水

花、十六武藏，以及小珠子。那时候，妹妹刚给了

我一副她曾经用过的球拍，上面有成田家的《劝进

帐》，还有音羽家的《助六》。我拿着这副球拍，带

着阿蕙来到了后院。可是，我们两个人的衣服都像

金鱼尾巴一样长，加上球拍很大，玩起来很吃力。

但是我们都很开心，一边唱歌，一边拿着球拍追逐

打闹。

然而，阿蕙的父亲在桃花节后不久就去世了。

我和阿蕙也因此许久未见。一个傍晚，她突然来找

我，神情十分沮丧。

我的家人很心疼，便安慰了她一会。她告诉我，

银汤匙

他们一家人明天就要搬走了，好像是要回乡去了。

阿蕙非常难过，因为我们以后都不能在一起玩耍了。

听到这个消息，我也感到十分难过，我们两人都沉默不语。阿蕙说这是我们最后一次见面了，阿姨也对阿蕙的离开感到不舍。

第二天，阿蕙的祖母领着她来向我们辞行。阿蕙和往常一样，像小大人一般端庄地和我的家人道别。我很想立刻飞奔出去送她，又忽然涌上一股不知道从哪里来的羞涩，躲在门后。

阿蕙走后，我们一家人都称赞阿蕙是一个漂亮的大小姐，她的离开让我们都感到十分惋惜。

那天阿蕙穿的是桃花节的时候穿的那件和服。我一个人坐在桌前，后悔没有去见她最后一面，泪水不禁夺眶而出①。阿姨看到我这样，便感叹说："真是个可怜的少爷！"

第二天，我早早地来到学校，静静地坐在阿蕙的位置上，心中的思念之情愈发浓烈。我盯着她那乱涂乱画的桌子，想象着她曾经的顽皮模样。

这些事情都已经过去二十年了，不知道为什么，我总觉得阿蕙也许已经不在人世间了。但每次我有这个想法的时候，又希望阿蕙依然活着。偶尔，我也会想起当年的我。

---

① 夺眶而出：眼泪从眼眶中猛然涌出，形容人因极度悲愤或激动而流泪。

我的老师

中泽老师是个温柔的人，但他有时也会用棍子敲打学生的脑袋。尽管如此，我还是很喜欢他。为了体验一下他的"打击"，我还特意折了一根我家庭院的棕榈树树枝给他。他收到后一直笑着感谢我，还假装要打我。虽然我有些淘气，但中泽老师对我总是很宽容。

当其他学生因为不听老师的话而惹老师生气时，他们往往会吓得不敢说话。但我却不同，我总是对老师微微一笑，仿佛一切都不在乎。有一次，校长来我们班上检查，他抱怨我是个粗心大意的

人。他又问我是否害怕老师。我坦然地回答说不害

怕。校长追问原因，我回答说，在我看来，老师和

学生都是人，没有什么可怕的。

当战争爆发时，我因为生病而没能上学。等我

回来时，中泽老师已经不在了。我听说他已经返回

军队了，原来他曾是一名军人，后来因为疾病而被

调到了后备部队。想起他以前给我们讲《西游记》、

教我们画画时，我心里就像刀割一样难受。

后来，我向同学们打听有关中泽老师的事情，

但没有人愿意告诉我他的具体情况。我愤怒地指责

他们，但有些人却认为我太过冲动。听到这些，我

心里充满了愤怒和无奈。

"老师说他要上战场了，也许我们永远也见不

銀汤匙

到他了。"终于，一个同学悲伤地说，"他让我们以后一定要按照老师的教导去做，将来一定要成为一个了不起的人。"

听到这番话，我的眼泪不禁夺眶而出。其他人看到我这个样子都愣住了，有些人甚至嘲笑起我来。

但我想起了老师曾经说过的话：男子汉大丈夫是不会轻易流泪的。于是我赶紧擦干了眼泪。

我曾一度看不起我的同学们，觉得他们都是些傻乎乎的小家伙。然而，在这群同学中有一个特殊的存在——蟹本，他是一个被称为笨蛋中的队长的

银汤匙

男生。尽管他总是被排挤，但他却总能用一种勇敢的方式去面对这一切，仿佛一匹无人能敌的悍马，后来所有人都对他敬畏三分。

蟹本总是表现得那么深沉，仿佛隐藏着无尽的秘密。这让我感到十分好奇，决定不顾旁人的嘲讽，去探寻他内心的真相。每当他露出笑容时，我都会向他说声"早上好"或者"再见"。然而，他的回答却总是那么高傲，仿佛自己是一个高高在上的国王，让人难以接近。

尽管遭遇了许多挫折，但我并没有放弃。我坚信，只要我足够努力，总有一天能够打开他内心那扇紧闭的大门。终于有一天，蟹本突然站起来，用一种前所未有的真诚语气对我说："你人真不错。"

nà yí kè　　wǒ xiāng xìn　wǒ men jiāng huì chéng wéi zhēn zhèng de　hǎo péng you
那一刻，我相信我们将会成为真正的好朋友。

wǒ　qī　dài zhe zhǎo dào　yì　bǎ néng gòu kāi　qǐ　tā　nèi xīn　dà mén de　yào shi
我期待着找到一把能够开启他内心大门的钥匙，

cóng ér　ān　fǔ　tā　de　xīn líng
从而安抚他的心灵。

兄弟与垂钓的曲折

哥哥对钓鱼近乎狂热，他深信这爱好能引领我走向正确的道路。于是假期里，他拿着钓竿带我离家钓鱼，尽管我对钓鱼毫无兴趣，甚至有些厌烦。

哥哥在一路上不断与我交谈，使我感到疲惫不堪。钓鱼时我刚刚坐下想要休息片刻，他又催促我回到鱼塘边。一想到要在这里度过漫长的一天，我的心情就愈发低落。

我们钓鱼的鱼塘脏兮兮的，一个长满青苔的木桩矗立在那里，鱼儿在其中穿梭觅食。田鳖在水中飞快地游动，那画面实在令人不悦。有人称赞我剪鱼饵虫子的技巧娴熟，但我的心情并未因此好转。

我紧握着钓竿，心中满是疑惑：为何哥哥会对钓鱼如此痴迷呢？

每当我尝试钓鱼时，哥哥总能找出我的不足。因此，我常常期盼鱼儿离开，甚至故意将钓竿放下。这样的举动总会激怒哥哥，他会将钓竿朝我扔来，导致鱼儿逃跑。有一次，我看见一条黄色肚子的锦鲤在水中翻滚，那画面让我感到恶心。

辛苦的一天结束后，我们带着满载而归的鱼篓回家。然而，那个散发着恶臭的鱼篓让我很不舒服。哥哥为了借此机会教育我，带我绕路去了许多地方：古董店、仓库、水沟等。尽管我疲惫不堪，但还是不得不跟随他的脚步。旅程漫长，我们常常是在夜

银汤匙

色中回家的。当我内心充满不满时，天空中闪亮的
星星成了我唯一的慰藉。哥哥对我十分不满，责备
我走得慢。我说我正在看星星，但他却不肯等我。
既然哥哥愿意陪我走过曲折的道
路，为何不能让我小时候崇拜的

偶像——"星星大人"继续存在于我的心里呢?

有一次,哥哥带我去海边,说是要教我钓鱼。

我答应了,然而因为一件小事,我又被他责备了一番。我不禁疑惑,为何哥哥总是如此易怒?我察觉到了他的不快,但我不敢问他原因。

银汤匙

我们来到一个小村庄，村庄四周被黑色的栅栏包围着。我们去了海边，经过一个通道时，我回头看了一眼哥哥，终于止住了我因为想家而流下的泪水。到了海边，哥哥提醒我注意安全。并停下来询问我是否累了或生病了。我坦诚地回答："我太悲伤了。"哥哥鼓励我要坚强。

我们抵达了位于岩礁下的旅馆，期待着第二天的到来。我找到一本书，其中有一个故事叫《少年太鼓手》。故事中的主人公是一个被别人认为很愚蠢的鼓手，他却独自勇敢地努力着。读着读着，我的眼泪就流了下来，我觉得自己仿佛成了那个鼓手。

第二天早上，哥哥的朋友来了，我们一起去了海边。他的朋友送我一只长长的海螺，螺壳上有几个洞，可以用来穿绳。我想回家后将我的伞穗穿进海螺里。这时，哥哥已经上岸，他命令我将我手中的海螺和我捡到的贝壳、小石子全部丢掉。我一个个地将它们扔掉，却舍不得丢弃哥哥的朋友送给我的海螺。

看到我犹豫不决的样子，哥哥愤怒地对我挥舞着拳头。他的朋友制止了他，并建议他允许我带这只海螺回家。如今，这只海螺挂在一个老旧的玩具盒子上，完好无损。

哥哥有时严厉得让人难以忍受。一件事让我们之间的感情出现了裂痕。哥哥不再满足于在鱼塘中钓鱼，他开始学习捕鱼，并叫我提着篮子跟他一起去河边捕鱼。

银汤匙

我们走过一座桥，来到河滩的另一边，看见人们把红白相间的木头架子挂在河岸上，车轮转动，打着旋儿。那场景令我**毛骨悚然**①，因为我感觉水车好像是个活物。走到河流的末端，我看着幽蓝的河水，突然有一种想要去流浪的冲动。

在河流末端，河水顺着峭壁流了下去，浪花飞溅，气泡翻腾。我看着溅起的浪花，心中既孤独又害怕。有传闻说，这条河里有一条身长六尺的鲤鱼，每年都有一到两名儿童在这里失踪。这片小小的河滩上有一个公墓，里面埋葬着那些可怜的孩子。当我看到那些公墓时，我的心像被刀割一般疼痛，眼泪止不住地往下流。我低下头，跟着哥哥走进一

①毛骨悚然：形容很害怕的样子。

个屋子。

这里是一处渔具的租赁地，同时还售卖各种钓鱼用具。阳光斜斜地洒在榻榻米上，各种物品摆放得杂乱无章：五颜六色的浮标、形状奇特的瓶子、橡子、圆滚滚的小物件，还有卷曲的绳索和钓竿。店门前的水沟里，青鳉鱼和小虾自由自在地游动着，它们似乎也在享受这午后的宁静。河流的尽头，连绵的山丘和茂密的森林构成了一幅美丽的画卷。

我和哥哥从店里买了用具后，赤着双脚，沿着峭壁小心翼翼地往下爬。哥哥刚学会制作渔网，脸上洋溢着兴奋和自豪。而我，却更喜欢站在河边树木的阴凉下，聆听蝉鸣。我一边爬着，心中一边想

银汤匙

起河边那片紫花盛开的地方。

捕鱼时，哥哥兴奋地抓起一条小鱼，放入我手中的鱼篓里，嘴里连声说着："好，好，好！"我好奇地往鱼篓里瞧了瞧，那些鱼儿一听到声响，便纷纷聚拢过来。然而，哥哥却总是因为我不看他捕鱼的英姿而抱怨不已。

我站在河流里，弯下腰想去捡一块石头。哥哥好奇地问我："你在做什么呢？"我回答道："我想去捡些石头。"没想到，哥哥却笑着骂道："真是个傻瓜。"我不服气地反驳道："你可以捕鱼，我为什么就不能捡石头呢？"哥哥听后便怒气冲冲地斥责了我。

我也有些生气，于是我准备回家，便将鱼篓挂在下垂的树枝上。这时，我回头看到坐在微暗树荫下的他，他的身影显得那么孤独。我一阵心疼，于是隔着河岸大声喊道："哥哥，我能不能跟你一起捕鱼呢？"然而，哥哥却装作没听到，默默地准备撒渔网。从那以后，我们再也没有一起出去过了。

田野与寺院之韵

春天来临了，我和寺院里一个叫小贞的孩子兴奋地奔向田野，手中紧握着风筝的线。小贞的风筝是个大和尚的模样，而我的则是个憨态可掬的金太郎。起初，风筝在空中悠然飘舞，但渐渐地，它们变得狂野起来，仿佛想要挣脱我们的束缚。我们被风筝拉着转圈圈，一边笑着喊"放过我"，一边又舍不得放开手中的线，那欢乐的感觉真是无法言喻。

更令人惊叹的是，有人放飞着一只巨大的方格风筝。当风鼓动起来时，风筝的藤条就发出呼呼的响声，仿佛能震撼人的心灵。一只长蛇风筝的尾部有着锋利的形状，给人一种威严的感觉。

有一个小女孩放风筝时总是带着一股霸气，就像是要与人决斗似的，让人们对她的风筝都抱有一丝敬畏。她没有急于将风筝放得很高，而是直接进入了"战斗模式"，向另一只风筝发起了挑战。小女孩放的般若风筝的脸变得狰狞起来，它冲向另一只风筝，将线扯断。我们小心翼翼地等待小女孩的风筝飞远后，才敢放飞自己的风筝。我的风筝像一匹奔腾的骏马，速度快得让人心惊胆战。而我最引以为傲的，便是我那只金太郎风筝，它在空中格外显眼。

小贞和我玩得不亦乐乎，完全忘记了时间的流逝。直到天色昏暗，我们才意识到该回家了。可是，

我们的风筝的线却紧紧缠在一起，我们害怕收不回
线，焦急万分。夕阳西下，天色渐渐暗下来，只有
我们的金太郎和大和尚风筝还飞在天上。我们装作
不在意的样子，心里却暗暗担心风筝会被别人抢走。
幸运的是，最终我们成功地收回了所有的线。

夏天来临时，我们又有了新的乐趣——用白糖

和竹子抓蝉。树林里到处都是蝉的

叫声。油蝉虽然吵闹，但长相普通，

捉了也没什么用处。花斑蝉的身体圆滚滚

的，叫声十分有趣。松寒蝉身手敏捷，我们要花费

不少时间才能捉到它。而日本暮蝉则是最难捉的，

每当我们好不容易捉到一只时，都会兴奋不已。

母蝉在麻袋里安静地待着，不出声，让人感到有些寂寞。我们在结了果的树上歇息，享受着片刻的宁静。李子树的花已经凋零，果子却一天天长大。梅子从麻雀卵大小变成鸽卵大小，再变成黄色，最后轻轻掉落到地上。我们忍不住采了许多梅子，吃得满嘴都是酸甜的果汁，直到再也吃不下为止。

没过多久，栗子也到了成熟的季节。我一直期待着它的成熟。我们拿着手杖和筐子，兴致勃勃地绕着栗树转了一圈。一看到栗子壳快要开裂，我们就满心欢喜。我们用竹棒轻轻敲击栗子壳，如果壳震动起来，那就说明里面的栗子味道很好。虽然山楂和红枣的口感并不好，但是我们这些孩子仍然会采摘许多，品尝它们的味道。

在庭院中，我寻找着蝉的皮，和毛虫玩耍。四周充满了青春的气息，那里的我快乐、活泼，心中充满欢喜。而寺院里的那位老僧，则仿佛在另一个世界。他每天早晚诵经，其他时候都很安静。我们能从那老僧房的缝隙里，闻到一股淡淡的香气。老僧若想喝茶时就会摇铃，那响铃声就像是日本暮蝉的叫声，清脆悦耳。

有时老僧会拿着一只茶杯，在桥头踱来踱去，仿佛在思考人生。有时候，他会被邀请去做法事，那时他便用一块布把头包起来，手里拿着一串念珠、一根手杖，摇摇摆摆地走出来。他总是穿着一件深红色的袍子，显得庄重而神秘。

银汤匙

这位老僧孤独修行，不管世俗之事。

在我还很小的时候，我就很崇拜他。那个时候，即使小贞不在，我也经常去寺院里玩。我模仿老僧的样子，在寺院里走来走去，希望能感受到他的修行之道。但每当回想起自己的经历，我就会想哭，感到羞愧、自卑，觉得自己只是个平凡的人。

我低下头，陷入了深深的困惑。

有一天，我独自漫步在寺院的小径上，突然，一阵清脆的蝉声传入我耳中。我环顾四周，却不见半个人影。好奇心驱使着我穿过那座古老的石桥，此时我眼前出现了一排排整齐的僧衣、佛珠和焚香，我心中不禁有些发慌。我犹豫着敲了敲寺院的门，终于鼓起勇气推开了它，这时有一位僧人递给我一只托盘，我心里满是欢喜和满足。

我也学着其他僧人的样子，为自己斟了一杯茶，却因为太过兴奋，差点让茶水洒了出来。那位慈祥的老僧一眼就认出了我，我这才放下心来。

自那以后，我常常替其他僧人端上茶水，心中总是期盼着能和那位老僧说上几句话。然而，每当我面对他时，却总是紧张得说不出话来，那些准备

银汤匙

hǎo de huà yǔ sì hū dōu xiāo shī zài le kōng qì zhōng
好的话语似乎都消失在了空气中。

yǒu yí cì wǒ qiāo qiāo de bǎ chá shuǐ duān dào tā de miàn qián tā shén
有一次，我悄悄地把茶水端到他的面前，他神

mì de kàn le wǒ yì yǎn qīng qīng de shuō ō shì nǐ rán hòu biàn
秘地看了我一眼，轻轻地说："噢，是你。"然后便

zhuǎn shēn lí qù liú xià le lèng zài yuán dì de wǒ
转身离去，留下了愣在原地的我。

shí guāng rěn rǎn sān nián guò qù le nà wèi cí xiáng de gāo sēng yě yuán
时光荏苒，三年过去了，那位慈祥的高僧也圆

jì le
寂了。

故乡的回忆

那年，阿姨因祭祖回乡，却不料病重如山，几乎丧命。她曾以为自己将走到生命的尽头，但命运似乎又对她展开了笑颜，她最终活了下来。因身体虚弱，阿姨留在了远方，照顾着那的亲人。

父亲认为我该多出去走走，以开阔眼界，于是在我十六岁的春假，他带我去了京都和大阪。此行让我心情舒缓了许多。归途中，我特地去探望了阿姨。

阿姨的家位于御船手，在古时，这里是将军旗下海军舰队的总部。直到夜幕降临，我才找到她家

银汤匙

的宅院。我轻轻敲门，一位老太太抬头向我望来，尽管光线昏暗，我还是认出了她。她脸色苍白，轻声问道："是谁呀？"我看着她又老又瘦的样子，说不出话。她略带惊疑地问："请问是哪位？最近我的眼睛看不清楚。"

"您是谁？"她又问道。"是我。"她仔细打量我，确定我是个善良之辈后，便在祭坛旁为我铺了坐垫。我定了定神，微笑道："阿姨，您忘了我吗？是我呀。"她认出我后，泪水涌出，像是见到了久别重逢的珍宝。"你都长这么大了，我几乎认不出你了！"她欣喜地说，"你来真是太好了，我完全没想到会见到你。"

阿姨点燃蜡烛，叫我稍候片刻，便匆匆离去，

故乡的回忆

随后带了几个好友回来。原来是阿姨见到我非常高兴，邀请大家一同过来看我。她们聊得很开心，尤其对阿姨常挂在嘴边的我颇感兴趣。她们还回家拿了许多饼干让我品尝。

阿姨依旧亲自操持家务。我们谈话时，她忙着做饭，厨房里的灯映照着她忙碌的身影。她问起我家的近况。她的好友们也适时地回家了。阿姨有些不好意思地说："真的很抱歉，我没什么可以招待你的。"说着，她在我的碗旁放了一大盘寿司，又从灶台上的小煎锅里夹出几条滋滋作响的比目鱼。

我婉拒了她的好意，她却说："没关系，一起吃吧。"她满脸兴奋。

"每天早上醒来，我都觉得活着真好。"阿姨的

银汤匙

话好像永远说不完，我适时打断她的话后便入睡了。为了避免打扰彼此，我们假装睡得很沉，但事实上，我们都没有好好休息。

第二天天还没亮，我便离开了。
阿姨独自站在门外，目送我远去。不
久后，阿姨便离世了。

　　十七岁的那个暑假，我住在一个
朋友家中。他家位于哥哥曾带我散步
的海边。那所房子孤零零地矗立在山

坡下，屋顶铺满了干草。隔壁住着一位卖花的老太太，她照料着我的生活起居。她与过世的阿姨是同乡，年纪相仿，说话的语气也相似，因此我倍感亲切。我会说她的故乡话，也听过阿姨讲述她故乡的故事，这或许是我与这位卖花的老太太关系亲近的原因。

老太太曾有一个哥哥抚养她长大。哥哥原想将她许配给赌场的掌柜，但遭到拒绝。于是，哥哥丢给她一包棉花，让她自谋生路。老太太便将棉花做成线，拿到商人那里换钱，再用换来的钱继续买棉花做针线活。除去生活费，她把所有的钱都花在了一件和服上。当哥哥发现她在做和服时，非常生气，责怪她没有告诉他。最终，老太太伤心地离开了家。

那年，老太太十七岁。在回家的路上，一个男人一直跟踪她。她来到信州的客店，但那个男人已经等在那里了。她想离开，但店主不让。店主告诉她，在那个男人离开之前，她不能走。无奈之下，她只好请求同乡帮忙说服店主，店主最终同意放走她。然而，在同乡离开后，那个男人又拦住了她。幸运的是，一位老太太解救了她，并带她到了自己的住所。她后来便独自外出谋生，和伙伴们一起去了善光寺，并在一家旅馆中与一个官员结婚。这是一段不可思议的姻缘。后来家道中落，他们学习了制作阳伞的手艺，并靠此为生，还清了债务，之后便迁往附近的小镇居住。

月光下的邂逅

那天，我走进后院，发现热水已备好，便走进浴室，让双腿在温暖的水中舒展开来。水波轻抚着我的皮肤，我渐渐沉入梦乡。我给这个隐秘之地起名为"回音之山"，这里少有人至，却带给我无尽的惊喜。偶然间，我发现热水上漂浮着一层白油，心中不禁生疑，是否有人曾在我之前洗过澡了？这突如其来的想法让我心情低落，对那未知的陌生人感到些许厌烦。

就在这时，老太太走了过来，她向我致歉，说是忘记换洗澡水了。听到这里，我也没办法，只好接受现实。

不久后，我听说朋友的姐姐将来这里玩耍。我心中既期待又紧张。初次见面时，我有些羞涩，她的美丽让我更加局促不安。我躲在一根柱子后面，不知该如何与她交流。她的房间离我的房间很近，这让我有些无所适从。我刚回到房间坐下，她就走到了我的房门口，这使我更加紧张。当她走进房间，打开灯时，我心中的紧张感才稍微缓解了一些。她热情地自我介绍，并送给我一个精致的洋饼后便离开了。

这就像原本冷漠的雕像突然变成了一个美丽的女士，她微笑着向我走来，为我点亮了一根蜡烛。然后，她又消失在黑暗中。我松了口气，却怎么也

银汤匙

想不起刚才离开的那个身影的模样。就在我闭上眼睛的瞬间，我仿佛看到了一个模糊的身影。她有着一头乌黑的头发，长长的眉毛下是一对乌黑发亮的眸子，给人一种强烈的震撼。她的笑容如此灿烂，让周围的一切都变得柔和起来。她白皙的脸颊上泛起一丝淡淡的红晕，为她增添了几分生动与美丽。

从那天起，我就一直在躲避朋友的姐姐，每天早上都会出门，每次回家都会故意避免和大家一起吃晚餐。不过，我

银汤匙

们同在一个屋檐下，难免会相遇。我就像一只在天冷的时候忘了迁徙的候鸟，到了山上再也没有唱过歌，只能徘徊①在悬崖边，茫然地看着层层叠叠的山峰。

一晚，我在庭院中的一片花丛中，望着后山上的明月。成百上千的昆虫鸣叫着，微风吹过田野，带来了海水的芬芳和海浪的哗啦啦声。厢房亮着灯，窗台上放着一朵白色的莲花，雨水落在莲花上，就像是一块晶莹的玉石。我被这美景深深地吸引住了。当我凝视着越来越暗的月光时，我突然注意到了朋友的姐姐，她和我在同一片花丛中。月亮和花仿佛

---

① 徘徊：在一个地方来回地走。或者比喻犹豫不决；比喻事物在某个范围内来回波动、起伏。

都消失了，就像一只飞鸟降落在湖面上时，湖面上的阴影完全消失了，只剩下飞鸟的白影。

我急切地说："月色……"

她似乎感觉到了我的紧张，连忙朝另外一个方向走去。我的脸颊立刻涨得通红，一直红到了颈后。我的个性就是如此，这种事会使我一直感到羞愧难当。

她不动声色地走到我第一次看见她的地方，她说："真美！"

刚才那种令人难堪的场面，在她的巧舌如簧之下消失殆尽，我心里别提有多开心了，于是由衷地向她道谢。

悸动与离别

第二日，我到她房间去，见她正在整理头发。她背对着门口，长发飘飘荡荡，像是海浪一样从她的肩头垂落下来。我正要关上房门，她却把头发放在了耳边，对着镜子笑了："我明天有空，临走前，我想跟你吃顿饭。"

第二天吃晚饭的时候，餐桌上铺着洁白的台布，老太太就坐在一旁，而我则与朋友的姐姐相对而坐。我们的表情有幸福，有孤独，也有忧伤。

"今晚的饭是我做的，你可以吃了。"朋友的姐姐略带羞涩地低下了头，看着面前的餐盘，笑着说：

"我做得并不是很好，也不知道你喜欢不喜欢。"

洁白无瑕的豆腐块在碟子里晃荡着，与那碟子的青色纹路形成了鲜明的对比，仿佛要渗入其中。她剥开了一个葡萄柚，将皮磨碎，在豆腐上洒下了一层淡青色的柚皮细沫。我在碟子中倒入酱油，把一块几乎要融化的豆腐块，在酱油中蘸了一下，顿时，豆腐块变成了紫红色。我将豆腐放在舌尖上，感受到了葡萄柚皮的香味、酱油的香味和豆腐的清凉，豆腐很快就融化在了嘴里，剩下的就是一种类似于淀粉的口感。另外一个碗中放着一些黄色的小鱼，鱼尾并拢，身体向上翘起。鱼的鳞片呈参差不齐的褐色，背上是绿色的，肚子上则是油腻腻的，散发着一股独特的香味。我粗鲁地扯下一片肥美的鱼片，蘸着酱油吃了，那滋味真香。吃完后盘子被收走，瓜果被摆在了桌子上。朋友的姐姐从一堆硕大的梨中，挑选出一个看上去又香又好吃的，削去了外皮。削皮时，她用指尖紧紧抓住梨，好像在吹奏排箫，手指形成一个环。她弯着长长的手指，梨就在手指间旋转，从白皙的手背上垂下来的梨皮像云朵般漂亮。富含水分的梨不断滴下水来，一滴，又一滴。她一边说着自己其实不喜欢梨，一边将一个梨子放在了我的碟子里。我把梨一块块地割下来送进口中，眼睛看着她用双唇将那漂亮的樱桃轻轻地含在口中，樱桃在她那娇嫩的小舌上滚动。她那美丽的下颚，像是一只海螺，轻轻地蠕动着。

她很高兴，老太太也兴高采烈。老太太说她可以猜测出一个人牙齿的数量，还像小女孩一般把脑袋躲到朋友的姐姐身后，想了半天说："除去智齿，一共28颗。"

我说："每个人都有28颗牙齿。"

老太太反驳道："你怎么知道？如来的牙都有四十多颗了。"

这时，朋友的姐姐高兴地咧着嘴笑着。在此之后，我们莫名其妙地谈起了鸟类这个话题，老太太高兴地讲起她家乡的山里有许多的鹭鸶，还有大雁、野鸭和一群群的仙鹤。每一年都有一只仙鹤从天上飞下来，人们要把这件事告诉国王。仙鹤在叫的时候，颈项扭动着，它在庙里那棵巨大的冷杉上筑成的巢，就像一只用几根细枝围绕成的竹筐。老太太

银汤匙

diédié bù xiū de shuō zhe　　wǒ jiù wèn tā　　nà shì nǎ nián de shì qing
喋喋不休地说着，我就问她："那是哪年的事情？"

lǎo tài tai shuō dào　　nà shì wǒ xiǎo shí hou de shì qing
老太太说道："那是我小时候的事情。"

nà xiàn zài zhè xiē niǎo ér zǎo jiù méi le
"那现在这些鸟儿早就没了。"

老太太一听到这话，就倔强地说："从前有那么多鸟儿呢！而且还在不断地繁殖！"

朋友的姐姐那漂亮的嘴唇，庄重地弯了弯，露出一口洁白的牙齿。

她本来明天一早就该动身的，但不知为何，一直到傍晚才动身。晚上，她捧着一盘桃子来向我告别。

"一路走好。以后你要是来了京都，我一定会见你的。"

她离开房间后，我下楼来到庭院，坐在一张椅子上，看着海面上的星星。除了远方的海浪声，夏日的虫鸣声，以及天空，再无他物。老太太租了一辆人力车。我看到朋友的姐姐换上了一身华丽的礼服，拿着她的东西，从走廊上向大门走去，并向我鞠了一躬："再见。"

我静静地低下了我的脑袋，在黑暗中。人力车的噪音慢慢消失了，然后是关门的声音。我抹抹眼泪，眼泪还是止不住地往下淌。我怎么不说话？怎么不跟她打声招呼？我独自一人待了很久，觉得全身发冷。等月亮升到山顶，我才回到自己的卧室，双手撑在桌上，眼泪再次夺眶而出。

图书在版编目（CIP）数据

银汤匙 / (日)中勘助著；王薇编译 . — 成都：
四川教育出版社，2024. 6—ISBN 978-7-5408-9132-9

Ⅰ . Ⅰ313. 84

中国国家版本馆CIP数据核字第20241F5Y82号

YIN TANGCHI
银汤匙

[日]中勘助 著　　王薇 编译

出 品 人　雷　华
责任编辑　王曼炜
责任校对　刘　畅
封面设计　春浅浅
责任印制　许　涵
出版发行　四川教育出版社
　　　　地　　址　四川省成都市锦江区三色路238号新华之星Ａ座
　　　　邮政编码　610023
　　　　网　　址　www.chuanjiaoshe.com
印　　刷　三河市嘉科万达彩色印刷有限公司
版　　次　2024年12月第1版
印　　次　2024年12月第1次印刷
开　　本　720 mm×889 mm　1/16
印　　张　10
书　　号　ISBN 978-7-5408-9132-9
定　　价　49.80元

如发现印装质量问题，影响阅读，请与本社联系。
总编室电话：（028）86365120　编辑部电话：（028）86365129